Para Xia, mi héroe y protector de criaturas, tanto grandes como pequeñas. K. B.

Para Lucy, cuyos rizos podrían ser perfectamente una confortable casita para ratones.

Puede consultar nuestro catálogo en www.edicionesobelisco.com / www.picarona.net

La niña que no quería cepillarse el cabello
Texto de *Kate Bernheimer*
Ilustraciones de *Jake Parker*

1.ª edición: abril de 2014

Título original: *The Girl Who Wouldn't Brush Her Hair*

Traducción: *Joana Delgado Sánchez*
Maquetación: *Montse Martín*
Corrección: *M.ª Ángeles Olivera*

Edita: Picarona, sello infantil de Ediciones Obelisco, S. L.
Pere IV, 78 (Edif. Pedro IV) 3.ª planta, 5.ª puerta
08005 Barcelona - España
Tel. 93 309 85 25 - Fax 93 309 85 23
E-mail: picarona@picarona.net

Paracas, 59 C1275AFA Buenos Aires - Argentina
Tel. (541-14) 305 06 33 - Fax (541-14) 304 78 20

ISBN: 978-84-941549-7-3
Depósito Legal: B-531-2014

Printed in India

La niña que no quería cepillarse el cabello

Textos de *Kate Bernheimer*
Ilustraciones de *Jake Parker*

 Picarona

Había una vez una niña que no quería cepillarse el cabello. Tenía una melena preciosa, abundante, ondulada y de color castaño. Y también una muñeca que era igualita que ella, a excepción de que no tenía ni un cabello en la cabeza y que era un bebé. La muñeca se llamaba Baby.

Cada noche, después de bañarse, la niña se colocaba un turbante en la cabeza y fingía que era una reina.

A la hora de acostarse, se desenrollaba el turbante y dejaba que todo el cabello le cayera en una cascada enmarañada. No se lo cepillaba. «Yo soy así», explicaba a los mayores. Después, se tumbaba en la cama junto a Baby y empezaba a soñar.

Y así siguió la cosa durante muchas noches: primero, lavarse la cabeza; después, no cepillarse el cabello; luego, ponerse el turbante, y por último, soñar. Era realmente estupendo. Hasta que una noche, la niña se desenroscó el turbante y ¡madre mía! ¿Qué era eso? Un ratoncito había fijado su residencia entre unos mechones muy enmarañados de su melena.

Todos hemos visto en los libros que cuando la gente ve a un ratón grita y se sube a una silla. Pero la niña ya estaba en la cama y no había ninguna silla cerca. Además, había leído suficientes cuentos de hadas para acordarse de que, en ellos, los ratones siempre ayudan y colaboran. De modo que tan sólo dijo: «¡Hooola, ratón!», y decidió dejar que se quedara allí.

«Yo soy así», dijo aquella noche a sus padres
cuando fueron a darle el beso de buenas noches
y vieron que el ratón se había preparado una
confortable cama en lo más alto de su cabeza.

A la mañana siguiente, cuando la niña se
despertó, vio a otro ratón en plena mudanza: iba
cargado con una maleta llena de cuentos de hadas.
Y a los pies de su cama, una pareja de diminutos
ratoncillos cargados con mochilas miraban
anhelantes en dirección a su cabellera.

Ese día, la niña, su muñeca y aquel grupo de ratones fueron juntos al cole.
Entre el mundo ratonil, enseguida corrió la voz de que había
una niña que tenía una casa estupenda en lo alto de la cabeza,
y enseguida acudieron a ella más ratones.

Los niños del colegio se quedaron maravillados ante aquel nuevo acontecimiento, y dejaron de peinarse y cepillarse el cabello con la esperanza de tener su propia colección de ratoncitos. «¡Qué maravilla —pensaban— poder tener un zoo particular de mascotas sobre la cabeza!».

La mamá de la niña se negó a preparar almuerzo para los ratones, y también a hacerles la cena; así que la pequeña no tuvo más remedio que compartir la comida con ellos. Y lo que pasó a continuación es que la niña que no quería cepillarse el cabello enseguida empezó a sentirse hambrienta.

Empezó a preocuparse. Sí, a la niña le encantaba la compañía
de los ratoncillos. Después de todo, contaban chistes graciosos
y eran muy cariñosos con Baby, pero no les gustaba nada lo del baño.

—¡No sabemos nadar! —le dijeron al unísono, aferrados a sus enmarañados mechones—. ¡No te bañes, nos ahogaríamos!

—¡Eso es una estupidez! —contestó la niña—. Todos los ratones saben nadar. Lo aprendimos en el tema de roedores.

—Pasaremos por alto tu insulto —anunció solemne el rey de los ratones. Era el más grande de todos, el que había llegado con la maleta de cuentos—. Pero no habrá BAÑOS. Nosotros somos así. —Esto último se lo habían copiado de lo que la niña decía a sus padres.

La niña accedió, para gran satisfacción de los ratoncillos.
Y es que, aunque cada vez estaba más sucia, se había encariñado
mucho con ellos. Habían montado encima de su cabeza una casa
maravillosa: en realidad un palacio, con pasadizos secretos,
una bodega para el queso y un diminuto foso circular.

Pero a la niña lo de no bañarse empezó a resultarle menos agradable que lo de no cepillarse el cabello. Estaba empezando a… como decirlo… estaba empezando a *oler*.

Y, claro está, nadie quería estar junto a ella. ¡Incluso Baby intentaba mantener las distancias! Ahora era como si los ratones controlaran a la niña, y no al revés.

Empezó a dormir peor. Por un lado, le daba miedo aplastar
a algún ratón si se daba la vuelta, y, por otro, resultó que los
ratones eran más bien noctámbulos.

Se pasaban la noche charlando,
entreteniendo a Baby y contándole
chistes enrevesados a altas horas
de la madrugada, hasta que
finalmente salía el sol y la niña
saltaba de la cama con una cara
de sueño espantosa.

Cada mañana, después de cepillarse bien los dientes y vestirse (era muy difícil ponerse un jersey con la cabeza llena de ratones protestando), la niña se arreglaba lo mejor que podía la cabeza-palacio ratonil y se iba arrastrando hasta el colegio, ella misma, Baby y todos los ratones.

Pero, entonces, llegó un terrible día
en que la profesora le dijo:

—Lo siento, pero no puedes venir con
Baby. Cada niño puede traer sólo *un amigo*
para la hora del descanso, y según parece tú
llevas en el cabello *un centenar de ratones*.
¡Ya has roto las reglas lo suficiente!

La niña bajó los hombros e inclinó su pesada cabeza, mientras Baby y todos los ratones se quedaron mirándola en silencio.

¡Pobres ratoncillos! Aquella muñeca pelona, Baby, había sido su mejor amiga desde que ella misma era un bebé sin cabello, y necesitaba llevar a Baby al cole.

—Yo soy así —dijo, y se echó a llorar.

$$2 + 2 = 4 \qquad 1 + 3 = 4$$

Aquella misma noche, la niña, aunque a regañadientes, pidió a los ratones que se despidieran de ella. Tuvo con ellos una charla tranquila en la que les contó todos los problemas que le suponía no lavarse, no poder llevar a la pelona de Baby al colegio, y también, claro está, el insomnio. Y como eran unos buenos ratones lo comprendieron.

Con mucho cuidado, empaquetaron todas sus pertenencias y desmontaron el palacio. Y, en fila india, se despidieron cantando una triste canción:

¡Oh, niña que no se cepilla la melena,
gracias por dejarnos vivir en una casa tan buena!
Nos ponemos en marcha, sin ninguna revancha.
Otra cabeza encontraremos, para vivir como queremos.

(Resultó que los ratones eran más buenos contando chistes que haciendo canciones, aunque, a decir verdad, contando chistes tampoco eran demasiado buenos).

Cuando se fueron todos los ratones, la niña se dio un largo y espumoso baño con Baby sentada en el borde de la bañera. Luego, se puso un camisón con un alegre estampado de ratoncillos, le colocó uno igual a Baby, y, sentada en la cama, se cepilló con gran satisfacción su brillante melena. Después, besó a su muñeca, se tumbó, cerró los ojos y empezó a soñar.

A la mañana siguiente, los niños del colegio la rodearon.
Se quedaron maravillados con sus trenzas y con el ingenioso lazo
que había colocado en la cabecita pelona de Baby.

—Yo soy así —dijo sonriendo.

Mientras, debajo de las barras del patio, otra chiquilla que vivía
al lado de la niña que no quería cepillarse el cabello discutía con un par
de ratones que colgaban de sus enmarañadas coletas.

¡Bobos ratones! Pero es que ¡ellos son así!